名流詩叢57

〔韓國〕姜秉徹（Kang Byeong-Cheol）◎編選／李魁賢（Lee Kuei-shien）◎選譯

韓國詩選
Anthology of Korean Poetry

我在思念濟州市的陽光
沒有比陽光更珍貴的禮物
濟州市的秋陽燦爛

你永遠不知道我多麼喜愛陽光
天空灰暗時，沒有什麼能讓我開心

《韓國詩選》前言
Foreword to "Anthology of Korean Poetry"

梁琴姬（Yang Geum-Hee）
韓國世界文學協會會長
李魁賢　譯

文學具有團結世界的力量。形式上，詩是文學精華，超越國界，引起世界各地人民的同情心。溫暖滲入我們內心，亮起和平燈塔，發揮難以置信的力量，來激勵並賦予勇氣。

透過與全球各地詩人互動，在詩中傳達的人性、和平、愛、和諧、共存的訊息，讓我們感覺到我們在宇宙中團結一致。詩人將自己的生命故事提煉成優美詩篇，與世人共享，真正有福啦。

感謝譯詩的崇高努力，這種優美語言不拘限於韓國，而是可以延伸到全球，使我們能夠透過社交媒體和書籍，跨界共享詩。我有幸以這種方式，與許多人聯繫。

這些詩集的出版，基於詩人李魁賢崇高的人類愛，和他促進國際詩交流的奉獻精神。衷心感謝詩人李魁賢和姜秉徹教授在韓國和台灣之間，建立一座橋梁。

德高望重的詩人李魁賢與韓國有深厚的淵源。1981 年他參加《亞洲現代詩集》年刊，出席 1986 年和 1993 年在首爾舉辦的亞洲詩人會議，以及 1990 年第 12 屆世界詩人會議。1986 年 9 月亞洲詩人會議時，他參訪首爾和濟州島，在此寫下題目為〈城山日出峰〉的詩。我身為濟州島市民，對此深感榮幸，謹代表濟州島人民表達謝意。

此外，詩人李魁賢將姜秉徹博士詩集《竹林颯颯》和梁琴姬詩集《鳥巢》翻譯成華語出版。他也邀請了四位韓國詩人參加 2024 年 9 月在台灣舉行的著名淡水福爾摩莎國際詩歌節。此係巨大的榮譽，誠摯衷心感謝。

去年，姜秉徹博士翻譯的李魁賢詩集《台灣意象集》，在韓國以韓、漢、英三語版本出版。讓韓國讀者有幸遇見詩人李魁賢的母語作品。

常被尊稱為「台灣大詩人」、三度獲得諾貝爾文學獎提名的詩人李魁賢，自 2010 年起與台灣秀威資訊科技股份有限公司合作，策劃「名流詩叢」，迄今已出版外國詩人漢譯詩集 41 冊，其中李魁賢專注以國家為目標的詩選集，包括例如《孟加拉詩一百首》（2017 年）、《遠至西方——馬其頓當代詩選》（2017 年）、《伊拉克現代詩一百首》（2017 年）、《阿爾巴尼亞詩選》（2018 年）、《阿根廷詩選》（2019 年）、《白茉莉日誌——突尼西亞當代詩選》（2020 年）和《土耳其詩選》（2023 年）。長久以來另由其他出版社出版外國詩人漢譯詩集 71 冊，也有以國家為目標的詩選集，包括《德國詩選》（1970 年）、《德國現代詩選》（1970 年）、《印度現代詩選》（1982 年）、《20 世紀義大利現代詩選》（2003 年）、《印度現代詩金庫》（2005 年）、《蒙古現代詩選》（2007 年）。

近年來，詩人李魁賢也積極編譯台灣詩選集，在外國出版。著名作品包括蒙古英譯本《台灣心聲——台灣現代詩選》（*Voices from Taiwan—An Anthology of Taiwan Modern Poetry*, 2009 年）、土耳其文本《台灣心聲》（*Tayvan'dan Sesler*, 2010 年）。其他重要出版品有台灣漢英雙語本《台灣島國詩篇》（*Verses in Taiwan Island*, 2014年）、智利西英漢三語本《兩半球詩路》（*Poetry Road Between Two Hemispheres / La Poesía Camino Entre Dos Hemisferios*）兩集（2014 年和 2017 年）。此外，西漢英三語本《台灣心聲》（*Voces desde Taiwán / Voices from Taiwan*, 2017 年）在西班牙、而漢英土三語本《台灣新聲》（*New Voices From Taiwan / Tayvan'dan Yeni Sesler*, 2018 年）在美國出版。還有漢英雙語本《雪的聲音——台灣美麗島詩集》（T*he Sound of Snow—A Poetry Anthology from Taiwan Formosa Island*）於 2019 年在美國和印度發行，同年西班牙文譯本《*El sonido de la nieve*》在墨西哥出版。又，《海的情歌》（*Love Song from the Sea*, 2020 年）在美國雙語出版，《台灣不是名詞》（*Taiwán No Es*

Un Nombre, 2020 年）漢西雙語本在哥倫比亞發行。其他著名作品包括《海的情歌》（*La canción de amor que llegó del mar*, 2020 年）譯成西班牙文在墨西哥出版，以及譯成土耳其文的《土台詩路》（*Türkiye-Tayvan Şiir Yolu*, 2023 年）在土耳其出版。

我相信能夠在韓國和台灣分享出版韓文版《20 位台灣詩人詩集》和漢文版《韓國詩選》，大感榮幸。

我也要向為《20 位台灣詩人詩集》和《韓國詩選》貢獻力量的韓國和台灣著名詩人的崇高精神和人類愛致敬。我們期待繼續加強韓台之間的詩交流活動和成果。

我希望韓國和台灣詩人充滿人類愛和崇高精神的詩，能成為照亮新共存時代的燈塔。即使在不安的世界，詩也可以建立文學團結和友誼，為人類愛做出貢獻，促進世界和平。

此外，文學結合超越時空，克服國家、種族、文字和語言的巨大障礙。這些聯繫擴大與世界各地詩人的交流領域，提供彼此文學靈感。我希望詩，作為語言的最高美學，成為安慰讀者的花卉，導引心平氣和的燈塔。

2024年7月

目次

梁琴姬
Yang Geum-Hee

梁琴姬，1967 年出生於韓國濟州。已出版四本詩集，包括《幸福帳戶》、《傳說與存在之離於島》和《鳥巢》（有李魁賢漢譯本，秀威，2024 年），以及散文集《幸福伴侶》。為離於島文學會首任會長、《濟州新聞報》主編、離於島研究社研究員。擔任過濟州國立大學濟州海洋資助中心研究員、濟州國際大學特聘教授。現任《新濟州日報》社論主筆、濟州國立大學社會科學研究所特約研究員、韓國筆會總會濟州分會會長、濟州韓國統一研究學會理事、韓國倫理協會理事、韓國世界文學協會會長。榮獲七項文學獎。

那是一條河
A River, It is

我們的回憶
曾經是一條河
有悲傷經過
痛苦流過
歡樂暢通過
那是一條河

如果我們的悲傷
我們的痛苦
甚至我們的歡樂
像落葉在湖內堆積
清水也會腐爛

水流
洗淨舊有情緒
刷過落葉和樹枝
清心循水路走

在某處，我的河
會像這樣流動
有一天你的河也會
形成大河

讓正直信念清澈流動
我們必須打開水路
使潔淨之河可以暢流

風不問路
The Wind doesn't Ask the Way

無論多少時間往逝
風永遠不會老
即使風沒有嘴巴
還是會說應該要說的話
即使風沒有眼睛
永遠不會迷失方向

風面對有稜有角的臉時
風總是吹向別處
不會造成刮擦或傷害
風永不停留
即使臉皮柔軟

何時我才能在地球彎曲路上奔跑
無需問方向

鳥巢
Nests of Birds

鳥類不會為自己
但會為年輕輩
建造住家
在灌木叢或樹洞中築巢
彼此互相取暖

憑藉這種力量
他們化作風
他們變成雲
開啟天空之路

明知自己的命運是飛高
鳥類築巢不是為留住

姜秉徹
Kang Byeong-Cheol

姜秉徹，韓國作家、詩人、翻譯家、政治學哲學博士。1964 年出生於韓國濟州市，1993 年開始寫作，29 歲出版第一篇短篇小說〈熱門歌曲〉。2005 年出版短篇小說集。迄今榮獲四項文學獎，出版八本書以上，包含《竹林颯颯》（有李魁賢漢譯本，秀威，2024 年）。令人矚目的是，2009 年至 2014 年為國際筆會牢獄作家委員會（WiPC）委員。也擔任過韓國世界文學協會創會會長和濟州市報紙《濟民日報》（Jeminilbo）社論主筆。現任韓國和平合作研究院副院長。

雪落白樺林

Snow Falling White Birch Forest

環遊世界後
我現在正在觀賞
雪落在波蘭的白樺林

我在思念濟州市的陽光
沒有比陽光更珍貴的禮物
濟州市的秋陽燦爛

你永遠不知道我多麼喜愛陽光
天空灰暗時，沒有什麼能讓我開心
我正渴望陽光，邊觀賞
雪落在波蘭的白樺林
雪花緩緩落在覆雪的白樺樹上

如果海洋平靜
If the Ocean were Calm

如果海洋平靜就好極啦
可是如果平靜太久，會殺死海洋生物
即使波浪矛盾，生活也充滿矛盾
如果一切都順利，我們學不到什麼

隨著年齡增長，同學們四散
我感覺人生只能順其自然
我們想共享美好時光
但避免在艱難時候
然而，人生始終在學習過程

逃避痛苦無法學習到任何事
但克服痛苦確實可體會某些事
鑽石是在壓力下製成
最大的榮耀來自於痛苦

聆聽那些先人的教訓
低聲自問
你是屈服於痛苦的溫順生物？
還是克服痛苦的勝利者？

正如非黑暗時，星星不會發光
璀璨的黑珍珠總是能克服痛苦

竹林颯颯
Sounds of Bamboo Forest

不論吹多大的風
綠林永遠不會吹垮
一旦風過境
綠林傲然挺立
引人讚賞

竹林颯颯
回響穿過樹間
智慧與和平細語
乘著微風

樹葉沙沙交響曲
軟語勝過硬心腸
和諧的旋律
響徹竹林幽谷

任森林對你說話
任其智慧指引道路
聆聽竹林颯颯
每天和平度日

李熙國
Lee Hee-Kuk

李熙國，出生於韓國首爾市。為藥劑師，韓國天主教大學藥學院兼任教授，國際筆會韓國總會理事。已出版詩集 5 本。榮獲 4 項文學獎。現任韓國世界文學協會副會長、離於島文學協會會長。

橋梁
Bridge

通往島上的橋梁建好啦
人民步行跨過海
小時候，有一位老師像大橋
他是我的橋梁

父母常深夜才回家
我留在教室裡讀書直到天黑

那天窗外下雪
溫暖的雙手環抱我的肩膀
韓語老師
他牽我的手，帶我去辦公室和家裡

撫摸開在偏僻角落的花朵
愛讓我騎在他肩膀上
這是連結冬天和春天的橋梁

窗外，下雪就像那天一樣
前後緊跟的汽車照亮黑暗駛過永宗大橋

跨海的路燦亮

停車站
Halt Station

若干層寂靜像鐵路枕木鋪展

在這個地方
時光不會回頭
只能久久凝望消失的方向

鐵軌轉彎一個角度時
天涯海角被撕裂
空間潮溼
耳聾的季節
時間充耳不聞
遠道回來的春天表情
在鐵路上黃著臉

折疊的心臟在哪一點轉移？
離開的人再也沒有回來
後山杜鵑紅手揮舞
又一人路過記憶的車站

皺紋的時間無法拉直

然則閃電已逝
Then the Lightning Passed by

一陣大風吹過
閃電劃過一條線

直立的向日葵扭斷脖子
黑色大空再度打雷
那聲音浸溼我的頭頂

聽雷聲追我，連窗戶都搖動
我取出藏在陰影後的記憶
我到底犯了多少罪過？

某次我走路上街踩到一隻螞蟻
我無法避免踩到
某天，我不小心折斷一根樹枝
樹別無選擇，只好長出新芽
分支並不長在原本的方向
我也在街上洩漏某人的祕密

這些我完全忘記啦
另一瞬間，竹棍叫我說實話

窗外的樹有犯罪嗎？
靜靜面對雨

姜顯國
Kang Hyeon-Guk

姜顯國，1949 年出生於韓國慶尚北道尚州市。1976 年以詩人身分在文學月刊《現代文學》登場。1988 年獲國立慶北大學研究所文學博士。著作詩集有《春去也春去也》、《絕望的耳朵》、《拖車很遠》、《寧靜的南方》、《月亮凌晨兩點來搬柿子樹》、《夕陽寫的句子》、《在九屏山那邊》，攝影詩集《嚮往鮮花盛開》、《我遇見沙漠之狐》，詩論集《理解詩》、《我多麼後悔自己胼手胝足的工資》。另有散文集《沉默的南方》、《老舊承諾》等。1983 年至 2007 年擔任國立大邱教育大學教授兼校長，1992 年至 2024 年擔任文學季刊《詩與反詩》

（*Siwabansi*）發行人和詩專欄編輯。2011 年至 2024 年另擔任非營利組織綠色文化內容發展研究院董事長。

克制
Refrain

麻煩大啦，春天來到
通往碧瑟山的道路正在顫抖
在蜿蜒爬行的田埂下方
麻煩大啦，春天來到，蚯蚓和蛞蝓在蠕動
有些令人驚奇的事情無法停止
看那五彩繽紛的花朵
看那篤篤篤篤的啄木鳥
春天來到，麻煩大啦
連我可憐的愛也蠢蠢欲動

回應
Response

雲朵飄越過西山
影子落在前院

雨水滲入我隱居的身體
閃爍的燈光常常熄滅

飄越過大海的雲
在我家門口附近留下一條地平線

黴菌蔓延遍布我隱居的身體
蟑螂趁機啃食我隱居的身體

確實，雲是夢想的子宮

水管在我隱居的身體內爆裂
生鏽的鑰匙折斷脖子

（風化的臨時建築因此被拆除掉）

星夜
Starry Night

彷彿沉默突然站起來，掌摑另一個沉默
分手就這樣赤足而來，分手就是這樣
割掉最美妙語言的耳朵
獨眼的孤獨似乎在其左側胸口扣扳機
烏鴉飛過麥田，在那邊的黑柏樹上竄升

有人嗎？無人

金幸淑
Kim Haing-Sook

金幸淑，出生於韓國坡州市。出版六本詩集，包括《我們的春天》（2015 年），以及散文集《往海的路》。為韓國作家協會會員、韓國當代詩人協會理事、韓國作家協會理事等。榮獲第 28 屆韓國基督教文學獎、第 16 屆梨花文學獎等。現任《符號學研究所》詩刊發行人。

影子
A Shadow

一點一點
正在刪除

就連顏色
連光

逐漸消失

一扇隱蔽的門

我究竟在何處喝醉長睡
直到誕生為花瓣

作風
The Way

沉重的
花的質量
為其色彩陶醉

回首看時
渴望
擺動

這個地方

不知無趣為何物
群聚一起吃喝生活的地方
人民的村落

這一天
This Day

即使在夜晚

太陽
不睡覺

醒著
在遊蕩

廣闊再
廣闊的天空

燦爛的
夕陽

放下窗簾

其餘的
人民

在刪除

時間
那太陽

許允禎
Heo Yun-Jeong

許允禎，出生於韓國山清郡。1980 年在傳統文學雜誌《當代文學》發表詩作，開始寫作生涯。創辦詩刊《麥克》，擔任發行人和編輯 11 年。現任韓國筆會文學理事、韓國詩人協會企劃委員會委員、韓國作家協會南北交流委員會委員。出版許多詩集，包含《西來村婦女》、《一行詩百首》。榮獲第一屆白瓷藝術獎、第一屆申師任堂文學獎、國際筆會文學獎（2016 年），以及第 20 屆韓國作家協會獎（2023 年）。「尤其是，許允禎是『一行詩』的代表性詩人。她也是第一位用隱喻演算法寫詩、出版詩集的詩人。就此而言，詩人許允禎的《一行詩百首》在韓國詩史上很有意義且彌足珍貴。」（詩人評論家卞義洙評語）

第13天
The 13th Day

探照燈
被剃刀撕破

太陽戴著雞冠花
被謀害的鋼琴

血跡是
舞曲

轉捩點是
突出荊棘的十字路口

感光紙拉響警笛
照相機的故事

蒙太奇在笑

設計家
A Designer

利用繩子綁太陽

光
Light

本身就是錯覺

卞義洙
Byeon Eui-Su

卞義洙，1956 年出生，1991 年出版第一本詩集《遙遠地方記憶之城》。從此以多種形式創作實驗詩，長詩和短詩都使用遠方隱喻，直到 2022 年出版第五本詩集《隱喻的物理學》。他也寫有關詩、小說、藝術、建築及其他藝術類的評論，並出版許多批評和詩學理論的書籍。繼 2009 年倡導「元符號學：無意識象徵理論」後，2015 年出版《輻合研究：象徵學》兩卷本，其中將「象徵學」展現為獨立新興學術領域。2019 年起，與朱原翼、姜書妍、徐商煥和李採炫等人，主持一個詩創作計畫。2021 年創辦詩刊《象徵學研究所》並擔任編輯。他在詩裡，運用詩與散文、詩與科學、詩與藝術的認同與超越。他的詩顯示萬物歸根於一，萬物為一個世界，一個生命。

求道
*GUDO**

破損的椅子懸在空中。雨滴落在窗上。一直沒有出差錯。
斷路電流在空中能承擔的不是方形輪廓的建築或是黑暗的樹枝。
問題在於救贖聖堂，

以為能夠達到般若的極限吧。
堅持到最後等待按下快門的瞬間，
他凝視一道無人見過的光芒。

可憐睜大眼睛的老鼠，手工製作的唯一圓眼鐵塊。
事實上，無時無刻，都在編織救贖的構思。
只是一切皆晚成。

在封閉通道內，充滿的光像在酷刑。
如今我能說什麼，能展現什麼？
那裡始終沒有人在。

方形白光。不接受禁令。我停止腳步。
墮落和倒下怎麼會引發對救贖的質疑。

贖罪
不愛任何人，但有信心能夠去愛。
　　　　　就是相信自己。

帶幼小野獸離開暴風雨不足為怪。
只有風才會帶來暴雨。

黑暗總是有光的形狀。
就像紙和墨在喚醒文字。

超過光速的物質有危險。
睡眠總是以不同的形式醒來。

* GUDO：「求道」術語，意指啟蒙或真理的訓練過程，在韓語音素上，與美學術語「構圖」相同。「GUDO」是音素的字母表達方式。

空氣之門
Doors of the Air

牆或門利用外部壓力加以隔離而存在。因此，牆或門呈現外部的屏障。每次分離就是設計門或牆的愚蠢行為。

門和牆發射出大量自由意志。門和牆永遠不會分離。

為何箭不停留在一點？為何箭不飛過空間的一點，因為空間任何地方都沒有「點」。

空間無法分割或測量。所有尺度都非真實。所有「劃分」都是想像感覺。「分離」是不存在的假「信念」。

柵欄和牆是不存在的意象世界。對牆和柵欄的錯誤感覺，讓我們視為真實。

牆錯誤造成我們認為萬物都可分區而且可數；事物是不可數的。

沒有什麼事可以一分為二。事物只會改變，一就是一，不是二。至少詩人認知事物的這種魔力。

花是不可數的。只是看起來彷彿是兩三朵。一朵花是一件美麗的事。一朵芬芳的花，是一種精神。陽光和風是空氣的精靈。

受困的不是門和牆，而是人。一門兩牆，三門多牆，都是慾望所造成的妄想。

諸牆歸一。諸牆皆空。諸門未關。諸牆未禁錮任何事物。

凡物體均不認為可供分隔空間。只有人類相信空間可以分隔。

凡牆和門實際上都是對空氣開放。用生鏽的鎖緊閉的門和牆，與太陽、鳥和空氣合一。

智人的智慧
The Wisdom of Homo sapiens

不像吸收碳的植物，他們會建造人工洞穴。很久以前，他們會攻擊斑馬和大象，但如今他們在控制風和陽光。隨著孩子的成長，學習馴服太陽和風。

他們看不到，也不相信任何東西，除非有標誌在監視風和驟雨。即使在太陽下，他們聰明的蛇也會追逐事物背後的陰影。

對他們來說，時間從東流向西。但對大象來說，時間就是要吃大量樹葉，長成閃亮的象牙。對風來說，時間就是自由奔跑穿梭空中。

什麼時候開始，太陽把冰川融化，引發海嘯。他們不認為這是太陽在生氣。

與颱風或海嘯相比，他們的建築就像空空的火柴盒。時間並不是像蛇一樣向前移動的爬蟲類。時間向四方延伸，是太陽的精神。

金尚美
Kim Sang-Mi

金尚美，1957 年出生於韓國釜山，1990 年在《作家世界》夏季號登上文壇。出版詩集包括《帽子造就男人》、《黑色陣雨》、《抓不到的蝴蝶》、《我們毫無關係》和《女人漸漸變得更加自然》，散文集有《爸爸，你也想念媽媽嗎？》和《今天風讚，我該活下去》。曾獲多項文學獎，包括朴寅煥文學獎、詩和表現文學獎、智異山文學獎、全鳳健文學獎、梅溪文學獎等。

空前第一個春天
The First Spring Ever

我早上醒來開窗時
啊，但願你正站在那裡
手拿凌晨從便利商店買來的外帶咖啡
推開我整夜孤單的前門
把大腳塞進我規規矩矩的拖鞋
對你來說太大啦，露著尾巴
大踏步走來走去
任意打開冰箱
對掛在牆上的我媽媽照片輕瞄一眼
然後，試穿我昨夜沒收拾的毛衣
哼著曲調閱讀我打開放在沙發上的詩集
在屋子裡劈哩啪啦到處走
我但願家變得輕如鴻毛，飄浮在雲端
我但願很活躍的薄霧侵入房子的每個角落
吟唱「歡迎來我們家，歡迎來我們家」
魔幻般閃閃發光
但願第一個春天蒞臨，終生難忘。

白狼
White Wolf

我繪畫一隻狼
巨大，兇猛，而且毛茸茸

然後出現二十隻獵狗
把狼緊密圍成一圈

二十比一的緊張殺氣
展開惡戰前的瞬間，發射致命能量
群狗一聲不響，立刻向狼衝去
然而，狼依然鎮定自若，滿懷自信！
左右、前後、四面八方縱躍
發出鮮血淋漓的慘叫聲！
狗的屍體逐一被丟到旁邊

野蠻、壓倒性二十比一的勝利！
獨自挺立，在前面咆哮
不屈不撓的戰士

我給他著色
不屈服的純潔血統
一股野性又高貴的精神立刻激動我的心靈
笑聲揚起白色鬃毛優雅閃亮

一隻孤獨的白狼
如今從地球上永遠消失啦

號稱文學的命運
The Fate Called Literature

韓波[*1] 在世時，有一天將他的詩，他的另一個自我，與自己脫離關係。瓦爾澤[*2] 自願走進黑里紹[*3] 精神病院，折紙袋度過27年，直到去世不寫東西。普拉斯[*4] 無法擺脫詩這個怪物，把頭伸進瓦斯爐。尤若夫[*5] 渴望謀生，撲倒在迎面駛來的貨運火車前面。尹東柱[*6] 正當韓國解放在望時，以 28 歲年齡在福岡監獄接受日本人的人體實驗。馬芮[*7] 在長期流亡後放棄祖國，開槍自殺，他宣稱：「我寧願身為有思想的人而死，也不願奉承世界。」克萊恩[*8] 追逐愛情的幻象，自溺藍色加勒比海深處，一座殘破樓塔內。萊維[*9] 在奧斯維辛的恐怖中倖存，但無法忍受苟活的痛苦，終於自殺結束生命。

這些都是我喜愛的作家，文學接近血，更超過墨水，命中註定在上帝痛苦的日子誕生，誠如巴列霍[*10] 的詩句。

當我感覺我非我，生活不像生活，文學不像文學，朋友和同事顯得疏遠，正義、信念、價值和愛等崇高的字眼，變得陌生的時候，惡語到處傳播。當我畏縮、感到苦惱、全心空虛、悲痛和懊悔交加之時，我就去找這八位作家。至於他們的命運，在文學上和生活上都一樣，遭遇極其不幸，而又熱情洋溢，擁有卑微的尊嚴和忍耐不住的驕傲。我去尋求安慰，反而被他們感動流淚。儘管遭遇這些可惡的命運，但他們迄今仍然閃閃發光的作品，超越不幸和死亡。受過他們鋒利且不屈精神的鋒刃洗禮，我自己的命運，無論多麼寒冷、黑暗、孤獨、艱苦，仍保有希望脈搏。跟隨他們，我也能在文學園地，這個最悲慘卻又光明的地方，繼續生存！

*1 韓波（Arthur Rimbaud, 1854~1891），19 世紀法國著名詩人，創作時期僅在 14～19 歲，受法國象徵主義詩影響，成為超現實主義詩的鼻祖。
*2 瓦爾澤（Robert Walser, 1878~1956），瑞士德語作家。
*3 黑里紹（Herisau），位於瑞士東北部的城市。

*4 普拉斯（Sylvia Plath, 1932~1963），美國詩人、小說家及短篇故事作家。

*5 尤若夫（Attila József），20 世紀匈牙利知名詩人，被譽為「無產階級詩人」，1937 年自殺。

*6 尹東柱（1917~1945），韓國家喻戶曉的著名詩人，也是朝鮮獨立運動的愛國志士，有遺稿詩集《天風星星與詩》流傳後世。

*7 馬芮（Sándor Marai, 1900~1989），匈牙利記者、詩人、作家。成名於1930年代，在蘇聯占領匈牙利後流亡美國。1989 年在孤獨中，於美國聖地牙哥開槍自殺。

*8 克萊恩（Hart Crane, 1899~1932），二十世紀美國詩人。

*9 萊維（Primo Levi, 1919~1987），義大利化學家、小說家、散文家、詩人、短篇故事作家、回憶錄作家。

*10 巴列霍（César Vallejo, 1892~1938），秘魯現代作家，出生於安地斯山區，有印地安血統，被認為是 20 世紀最偉大的詩改革者之一。

金言
Kim Eon

金言，1973 年出生於韓國釜山。已出版七本詩集，包括《會呼吸的墳墓》（2003 年）、《巨人》（2005 年）和《我們寫小說吧》（2009 年）。其他作品有散文集《每個人心中都有話》（2017 年）；詩學著作《詩不談離別》（2019 年）；評論集《超越暴力與魅力的寫作》（2023 年）；以及閱讀散文的書《老式讀書法》（2023 年）。榮獲若干獎項，包括未堂文學獎（2009 年）、朴寅煥文學獎（2012 年）、金炫文學獎牌（2012 年）。自1998 年以來，憑藉一系列明顯強烈存在主義思想的作品，成為韓國詩壇核心人物。目前擔任秋溪藝術大學創意寫作教授。

我不知道洞出現在哪裡
I Don't Know Where the Hole Appeared

開門時，看到妳在浴室裡哭。我看到妳蹲在馬桶上哭。妳在哭什麼？

我正想問，但停住。反正妳也不會告訴我。究竟，妳在哭什麼？

我又想問，再度停住。沒有用啦。我不知道是什麼或是誰造成的，但哭的人就是哭的人。有人已經涕泗橫流。要求止住眼淚已經太遲啦。

我望著浴室，等待啜泣停止，等待淚水堵塞。或等待眼淚流乾。

我望著妳。幸好，浴室沒有小窗。

外面無處可供啜泣透露。

沒有外牆可讓眼淚滴下來。

如果有窗，一定會看到今晨的雲朵，飄過客廳的窗口。

我靜靜站著，忘記妳在哭，只是看著雲朵。

我該如何安慰妳？如何阻止雲朵飄過？

我是外人。被愛的外人。被討厭的外人。冷漠的外人。

無論如何，我是今晨的流雲，依然是外人。

一位外人已夠，但有兩位就太過分啦。

我正在阻止一位外人飄走。我把雲朵擋在浴室前。

我感覺到有東西像水漏出來。我不知道洞出現在哪裡。

結構
Structure

有一種結構，先建造一樓，再二樓。有一種結構，沒有一樓，就建造二樓。有一種結構，沒有二樓，即可爬到三樓。有一種結構，一直升高到頂部，在樓頂上建造另一層。我在那裡俯瞰。怎麼會這樣呢？我想是出於貪婪，但不知道有地下室。不知道地球內部冷漠無聲，由地下在支撐。若然，會從一樓崩塌。從二樓消失。在近鄰，僅存屋頂，浮動岩漿從頂部往下冷卻。

背包
Backpack

裡面放詩集。也有清晰的意識。有些人倒下，其他人無法清楚辨識。內部有心靈居住，與身體無異；也有死亡佔據，與心靈無異。實際上在移動中。有一個器官被摧毀，接著有兩個器官、三個器官，後來連我都不知道發生什麼事。好像有人突然戳我。「裡面是什麼東西？」這不是什麼大不了的事，但也不是微不足道的事。只是，裡面有莫名其妙的東西，你就拿出來大聲唸吧。

金鶴中
Kim Hak-Jung

金鶴中，1977 年出生於韓國首爾。2009 年在《文學思想》發表詩作，開始文學生涯。已出版詩集《創世紀》（2017 年）、《地板聲音到這裡》（2022 年）、青少年詩集《未被遺棄的潛水艇》（2020 年）、小詩集《背景顏色愈來愈美》（2021 年）。「詩人金鶴中榮獲第 18 屆朴寅煥文學獎和第 15 屆吳章煥文學獎，最受青年詩人歡迎的文學獎。尤其是，因自然的隱喻能力和敘事結構，受到矚目，成為韓國青年詩人的代表。」（詩人兼評論家卞義洙語）。

先知 *4*
The Prophet 4

可以請你掩護我嗎
小棕櫚樹在呼吸的花園裡
無片言隻字
被剪刀剪斷的樹枝是
誰的話，你的話
細語掉落
不知道外面在哪裡
有人稱之為樹牆，不斷成長
堅挺樹枝上的花蕾
足以遮掩女人換衣服
眼睛只向內，向內細語
可以請你利用
你的預言掩護嗎
我想擺脫這個世界
面對面站在此四面圍牆的迷宮內
可以鋪開將失去名字的手編織地毯嗎
如果遮掩牆壁，留下花園開放
變成你所喚起之預言的森林和果實

可以使站著睡覺時聞起來很香嗎
利用我擺脫的世界
可以擁抱你且掩護你嗎
世界以前在手中
把知道外面在哪裡的預言遮掩
利用呼吸，利用呼吸編織
展開時，樹葉在花園裡隨風飄揚

壁畫
Mural

1.

盲人第一次撞牆時，沒有人相信他說牆就在那裡。人民只有在看到盲人從身上撕下塗繪壁畫的碎片後，才發現這堵牆。

2.

壁畫漂亮。粗暴手勢經過之處，牆的內外側似乎要縫在一起啦；壁畫本身閃閃發光。
就像心試圖衝出牆外，彩色絲線蜿蜒穿梭彼此的身體。美，究竟是牆這東西還是壁畫，不清楚。
看到壁畫的人都抱怨會嘔吐和頭暈。他們開始談論這堵牆，感覺意識到若把壁畫從牆上撕下來，不知是會喜悅還是痛苦。壁畫正在搖搖欲墜。聚集在牆前面的人群正在崩潰。

3.

只有等到將壁畫殘骸捧在手上時，人民才發現那裡曾經有一堵牆。沒有人詢問關於繪壁畫的人。只是人民開始稱他為盲人。

名字，不是那些
找不到名字來稱呼他的人給的名字。

即使把牆隔開
那些看不到牆壁散落的人
僅能共用名字。

賞賜
The Present

1.

聲音堆積起來，綻放成一朵花

2.

花初看像樂器
耳邊聚集古老的聲音
聲音聚集時
折疊起聲音的皺紋
形成花瓣
染節奏的顏色
奔向花朵的聲音
是飛降的羽毛
無聲的花增添香味翅膀
把花粉撒在聲音腳上
靜悄悄

3.

我呼叫花的名字
花是聆聽學語前聲音的耳朵
雖然無差別聽到一切
甚至有人呼叫自己名字
未意識到花開是不言不語
如果美可以被命名
會是花的名字嗎
我不知道，單一朵花的名字
會多達全世界的一種語言
花的禮物送給人類自己
如果共同來聽音樂
會告訴我真名，在我不知覺
歌唱起花的名字

花正在聆聽自己的名字
沒有名字

盧泰孟
Nho Tae-Maeng

盧泰孟，1962 年出生於韓國昌寧郡，畢業於嶺南大學（醫學系）和國立慶北大學（哲學系碩士，並完成博士課程）。出版詩集《去羑里，我燃燒》、《呼喚青山羊》、《燃燒碧巖錄》、《流蘇樹枝上的白鳥群》。榮獲文藝中央新人獎（1990 年）、大邱詩人協會文學獎（2016 年）和虹吸文學獎（2022 年）。嘗謂「詩人並不永遠擁有自己的時間。在我沒有作為時，我不沉思（可稱為詩），即使我在沉思、保持沉默、觀察世界，如果我不寫詩，我就無所事事。」

可憐那些山丘，樹燃燒火和血
Have Pity on Those Hill, Trees Burning with Fire and Blood
——安魂曲 *2-2*

我們吃火的金蛋
我們吃火的味道
我們吃火的感覺
我們吃火之夢
我們吃火之歌
我們吃火的屠殺

我們是在火中誕生

我們撕破火的薄膜
我們誕生成為火的未來
我們誕生成為火的啟示錄
我們誕生成為火的黑灰
我們誕生成為火的過往

要記住，那些山丘和山谷
要記住，棕櫚樹燃燒火和血

火像孩子用紅牙咬住樹木
進入水道的黑暗深洞
火鋒利的單手
正在刮擦黑洞的邊緣

可憐呀
我的殺戮和冷漠
我的無知與平靜

讓我記住那些山丘和山谷
棕櫚樹拿書和劍
以直立姿勢，揚起藍色火焰

天使在哭泣
Angels are Crying
——安魂曲 *1-5*

群星在天上
人人跪倒在地
眾天使在天梯頂端
俯瞰群星變成流淚痛苦的祈禱者

地球的黑暗
用河流覆蓋天使的腳踝
夜已深，人民的夢卻多麼明亮燦爛
天使甚至無法下凡到地球上的群星

我們閃亮的悲傷呀
永恆天使之梯呀
地上只有亮麗群星，人民已絕跡

難以言喻的天使在哭泣
聽不見的人民會陷入黑暗中
只有群星知道黑暗寂靜時
黑暗正在天空中發光

到了哭泣成河的時候
讓悲傷變成天使

記憶中的火，如今安靜吧
The Fire in my Memory, Now be Silent
——安魂曲 *2-8*

藍色河流
如今溼潤那火焰的花園

紫色泡桐
如今收回那火焰的心

火紅小鳥
停火，如今飛越那些群星

記憶中的火
讓我如夢似幻望著藍光
如今湖般安靜

從來沒有在我之前
即使和平的日子可能未到

在火烤罐的內部
將眼淚和慟哭壓碎在泥巴裡
水記住的永遠是火的痕跡

所以，火焰的記憶
我記憶中的火
如今閉上眼睛，像湖般平靜

相信水的記憶
請你，考慮水的記憶
願你擁有火的平靜

朴容霞
Bak Yong-Ha

朴容霞，1963 年出生於韓國江原道江陵市，1989 年獲中央文學新人獎。著有詩集《樹木燃燒像瀑布》（1991 年）（增訂版為《26 歲六大啟示》）、《通海三十三路》（1995 年）、《心靈以北》（1999 年）、《識者》（2007 年）、《男人》（2012 年）、《在此強烈限制下》（2022 年）、《晚間心態》（2023 年），和詩選集《美麗來自這裡》（2023 年）。1976 年榮獲韓國文學雜誌《詩與反詩》文學獎。

韓國之秋
Autumn in Korea

老化很恐怖
感官急速衰退

病毒之秋
細菌之秋

每天都是不斷努力掙來的
每天都勉強生活過日子

我許過的承諾哪裡去啦
我放棄的生命變成怎麼啦

獸性之秋
物質主義之秋

在玻璃般的天空下
我苟延的日子，殘喘的日子
很脆弱，易碎裂

現實主義之秋
經濟之秋

毒性的
不可逆轉的
無法挽回之秋

死者都到哪裡去啦
那些垂死的人又在哪裡

有多少人彌補這個秋天
而我又算多少呢

接受批評的權利
The Right to be Criticized

我是第一位劃界線的人
不肯聽別人的話
只願意聽到我想聽的
仍然未能真正聽到

從家人、親戚到政客
從詐欺型精英到無意志的投票機器
他們選擇只看想要看的東西
只聽願意聽的事情

宗教又算什麼呢
脆弱的邊界嗎

我們是碎片
但即使是碎片，我們之間也有分際

見怪不怪啦
批評者自己先失敗
無法忍受批評的刺痛

痛苦的真相來敲我們大門時
那時我是誰，我們又有何作為

我先拿起槍
不肯聽別人的話
傾聽的力量仍然遙遠

正如我們有批評的自由
我們也有接受批評的自由
作家也是有接受批評的權利
所以重點提示往往感覺比文字容易

這個夜晚
接受批評的力量
比賦予批評的力量強大
如此夜晚真罕見

暴力
Violence

必須死更多的人
以免光被玷汙

殺戮時，要殺徹底
以免空氣腐化

我說的是只假裝殺人的懲罰
我們生活在暴力中，像餐食一樣頻繁
目睹暴力的形式與鮮花一樣多

我不是某人的丈夫
更不是任何人的妻子
不是任何人的兄弟姊妹
不是某人的男人
不是別人的女人
不是某人的老師
不是某人的徒弟
不是任何人的長輩或晚輩
更不是某人的財產

要成為堂堂自己
許多人身殉
甚至此刻，有許多人垂死

必須死更多的人
所以沒有辦法道歉

殺戮時，要殺徹底
所以，沒有機會哀悼

殺戮時，使盡絕招
所以，語言本身沒有被玷汙

我說的暴力不完全是殺戮
說的寬恕只是假裝殺戮

這個星球有七十億個種族

無論我們靜靜旁觀
或轉身走開
或保持冷漠
或失德墮落
在成為暴力受害者之前，我們是暴力的共犯

我們生活在暴力的社會
我們生活在犯罪的社會

所以，不要輕易死去！

凡是曾經被強暴過的人
會終生被強暴

朴正大
Pak Jeong-De

朴正大，1965 年出生於韓國江原道旌善邑，1990 年在文學雜誌《文學思想》登上文壇。已出版詩集和短篇小說集《雪依然音樂般飄落在我的格列飛列島》、《黑龍江吉他》、《愛情和熱病的化學起源》、《所謂人生的職業》、《一切可能性的街道》、《切・格瓦拉萬歲》、《從她到永恆》、《法國孤兒地圖》、《雪花藝術》、《野蠻人的馬在雪地奔馳》。曾獲金達鎮文學獎、素月詩文學獎、大山文學獎。以「夷江」外號自編自導《佛得公爵與閣樓朋友》、《塞尚的山與三杯酒》、《古柯鹼的無限窗》等影片。目前參與「二節拱廊計畫」，為無糖菸草俱樂部和國際詩激進野蠻樂隊活躍會員。

雪的名字
The Name of Snow

雪沿著我走的方向飄落
我面對雪，與雪握手，走在雪飄落時
雪，是陌生的外星球
熱情團結的大陸
由曾經在空中遊蕩的心靈組成
雪飄落，像從未見過的地圖
越空降落到地面
成為新生大陸
有人曾經騎馬馳騁，呼叫我鍾愛的名字
如今轉變成雪
雙臂合攏在一起飄落
雪沿著我走的方向飄落
也飄落在我回程路上
如今正是回程時刻
我從遠方蹣跚回來時
他們抬頭注視白雪皚皚的曠野
雪上飄落更多雪的時候
不斷懺悔生命的原始本質

雪沿著我走的方向飄落
也飄落在我回程路上
如今是未見的地圖橫空展開的時候
是有人悄悄點燃蠟燭
聆聽雪聲音的時候
是該問雪名字的時候啦

存在的三個謊言
The Three Lies of Existence

出生

活下去

去死

還有，最後一個，美麗的謊言

可以蓋過這三個謊言

去愛某人

是，是，法國女人在唱歌
Oui, Oui, the French Woman Sings

這封信絕對不許大聲朗讀

周圍漆黑一片
在我躲避處接不到消息
我住在無限的陰影裡
只需要最微弱的光
以便閱讀和寫作
無限的黑暗，無限的音樂
從瘟疫爆發前我就一直躲在這裡
不是刻意的，而是彷彿在隱居
身為藝術家，不願向世界暴露自己身分
在沒有光的世界裡
當夜幕降臨，我悄悄醒來
寫信沒有指定收件人
在最暗的光線下
這封信絕對不許大聲朗讀
因為是無聲的公函
寄給瘟疫時代的法國孤兒

閱讀這封信時你可能需要一支菸
我已附上一支

即使你不是法國孤兒，沒關係
即使你不抽菸，也沒關係
或許，你在閱讀時
自己會發現需要在漆黑的黑暗中
還有一支蠟燭的光
關掉所有路燈
而當你心裡突然懷疑
某無名人氏是否安康
就坐在辦公桌前
喝杯茶
讀這封信
若有一顆莫名淚水湧上來
在你心裡，像粗麻布磨損啦
就打開窗，深深吸一口氣
或許你會發現生命

就存在你的呼吸之中

要越過寂靜的廣闊平原
你可能需要一匹馬
但這是開玩笑啦

我簡便開窗
凝視瘟疫肆虐的世界
擔心教宗方濟各的安康，如此而已

我並不特別喜歡教宗
我偏愛菸斗，勝過教宗
望著堅固的菸斗
我好想蹲坐在陽光照射的牆腳
整天抽菸，無所事事
我認為這是藝術家生活的本質
我點燃香菸紀念路易斯・塞普爾韋達[*1]
他因瘟疫而離開我們

而，是的，我擔心教宗方濟各的安康
等一下
我不是佛教徒、天主教徒、穆斯林
也不是拜火教徒
我唯一的宗教是詩
而我是詩的唯一讀者
或許詩會拯救這個世界
或者沉默可能也會
因為沉默是最尖銳、最浩瀚的詩
即使不沉默
也一定有辦法拯救這個世界
換句話說，如果世界值得拯救的話

我正在看吉姆・賈木許[*2] 的紀錄片
關於某位歌手
他那老態的共產黨員般舉止
讓我思考一些事情

在你走到森林時
會遇見許多陌生的事物
但記下現實
成為最陌生的事
今日，巴黎聖母院給人一種奇異又美麗的感覺
焚毀的尖塔似乎有人曾經居住過
就像卡西莫多[*3]
不斷凝視舊宅
現在被鷹架包圍
正如木造建築容易燃燒
美麗的想像力也快速點燃
然而，我想，
人類記憶大部分都是木造的
她酷似艾斯梅拉達[*4]
說話像法國孤兒
蒙面人物則有如鬼魂在漫遊
街道荒涼，如今只有真正的鬼魂隨風飄浮
像落葉吹來吹去

夜色騎著黑馬，悄悄逼近
馬上有人不斷凝視夜晚地平線
孤獨和寂靜的廣闊領域
曾經在黑暗街道上遊蕩的三劍客已經回家
或許他們現在唱月光曲，或在月光下狩獵
達太安[*5] 不見蹤影
夷山可能會前往愛爾蘭
姜正可能回到韓國
鈺在某處等待
而我，我坐在這裡，在敞開的窗口旁邊抽菸

這裡不再有人啦

只有那微弱而優美的肯定聲音
是，是
正如法國女人在遠方說話
在這夜裡迴響

請傳遞到這躲避處

不附地址

再見

[*1] 路易斯・塞普爾韋達（Luis Sepúlveda, 1949~2020），僑居西班牙的智利作家，感染 2019 冠狀病毒，不治去世。

[*2] 吉姆・賈木許（Jim Jarmusch, 1953~），是美國導演、編劇、演員、製片人與作曲家，2005 年以《愛情，不用尋找》（Broken Flowers）獲得第 58 屆坎城影展評審團大獎。

[*3] 卡西莫多（Quasimodo），法國作家雨果小說《鐘樓怪人》中的男主角。

[*4] 艾斯梅拉達（Esmeralda），雨果小說《鐘樓怪人》中的女主角。

[*5] 達太安（D'Artagnan），根據法國作家大仲馬小說《三劍客》拍攝電影《三劍客：達太安》主角。

宋在學
Song Jai-Hak

宋在學，1955 年出生於韓國永川市，童年在浦項市和琴湖江畔度過。1982 年從國立慶北大學畢業後，擔任牙醫，1986 年在《世界文學》季刊首登上詩壇。已出版詩集包括《冰詩集》（1988 年）、《慈幼會》（1992 年）、《對藍光戰鬥》（1994 年）、《回憶錄》（2001 年）、《他在摸我的臉》（2007 年）、《泥汙臉》（2011 年）、《獲得女性風格》（2011 年）、《日期》（2013 年）、《黑色》（2015 年）、《回憶錄》（2016 年）、《傷心草未未露珠》（2019 年）、《早晨求婚》（2022 年）。榮獲第五屆金達鎮文學獎（1994 年）、第 25 屆素月詩文學獎（2010 年）、第 25 屆金福文化獎文學類（2011年）、第五屆李箱詩文學獎（2012 年）、第 24 屆片雲文學獎（2014 年）。詩人卞義洙稱，宋在學以其內心的思考和想像創作的詩集《早晨求婚》，也被《象徵學研究所》評為「2022 年韓國出版的最佳詩集之一」。

他在摸我的臉
He's Touching my Face

他在摸我的臉。
我靠在看來像是素色裙的床上
梔子花香沿排水溝飄過來。
雖然他是不歸人
就像墳墓旁的石竹粉紅色
在傍晚入口處吹口哨。
永遠不會醒來。
如今連這片明暗交融的森林一邊都已封鎖，
往昔必然是蝴蝶滿天飛。
他正在模仿蝴蝶翅膀的模樣。
按照陽光豎起柱子的數量，預先掛起燈籠。
睜開眼睛時，就像蝴蝶一樣
他的哭聲幾乎聽不見。
當他在摸我的臉
類似新的鏡頭，我依賴他長大。
有時像粉刺，有時像柳樹。

懸崖
The Cliff

懸崖從未見過自己的下半身。
那是垂直牆。
雖然杜鵑花開，我心裡也癢癢的
從未擁抱過任何人。
沒有機會。
因為那是天罰的垂直牆。
如果只觀看接縫痕跡
懸崖以前也必然很光滑。
側面疤痕是垂直瀑布
透過列印垂直牆來建造冰瀑布。
此外，短暫掛上雲的風鈴，
甚至無法晃動。
因為另一邊是懸崖。
與垂直牆的鬥爭還沒結束。

月亮移動時
As the Moon Moving

名為「月亮」的野獸扯下頭部，拋向前方。
月亮在移動啦！
夜來香陰影受幻痛之苦，直到變胖。
在月亮努力移動時
連波浪手指也試圖觸及月亮痛處。
晚上大海試圖撕裂月亮的內襯
我打開全部水抽屜。
在星座上方連接小漁船白熾燈
當雁群協助月亮提前一季離開時
月亮表面還沒有鳥類圖案。
樹木脫掉樹皮，讓鳥降落。
月亮又移動啦。
往鵝群靠近。

吳周利
Oh Ju-Ri

吳周利，出生於韓國首爾，國立首爾大學韓語文學研究所畢業。2010 年在《文學思想》登上文壇。詩集《薔薇陵》被韓國文化藝術委員會選為「好書共享」。現任天主教關東大學文學藝術學院教授。學術著作包括《金春洙形而上詩之存在與真理研究》、《韓國現代詩之愛情研究》、《存在之詩：韓國現代詩史之存在論研究》和《純粹詩：韓國現代詩史之詩的理想存在論研究》。其中《金春洙形而上詩之存在與真理研究》於 2020 年獲選為世宗學術圖書，而《純粹詩：韓國現代詩史之詩的理想存在論研究》於 2024 年被認定為大韓民國學術院優秀學術圖書。目前正在進行第二本詩集和第五本學術著作。

天鵝和詩人
The Swan and the Poet

在冰川融化的聖沃爾夫岡湖，天鵝像細語從銀河降落
天鵝是光的祖先，溶化成閃閃發光的漣漪
不怕詩人靠近，因為天鵝在聖光擁抱的搖籃裡嗎
詩人迷失在人間回家路上，面臨天鵝光華露出自己本質
地平線綻放成光點，天鵝帶著神道像樹葉，飛向詩人
「你存在為一，你的實存是一」
陰影環繞湖邊，包圍這種寂靜交流的回響
沒有虛無的力量會打散天鵝和詩人會合時刻
神聖時鐘停在天空中
從永恆的詩湖中，詩人再生為天鵝

芭蕾舞本體論 *1*
The Ontology of Ballet 1

死亡是她長出來的翅膀，深色痕跡在空中流動。一口氧氣吐出死亡，另一口把生命吸入她的實存內。漂浮在混合潮流中，她在其間游移。

這是時間的飛行，將她的步伐從她所在傳遞到她不在的地方。

在焦灼時刻，她的手勢逐漸消失，跨越各地，靜靜休息。只有時間照映出她心靈的影子。

冰凍氧氣像月光石，降落到她實存的深淵，但仍然是多餘的，再度綻放火苗。

在純然光輝的舞台中，芭蕾舞演員的側影閃爍，天鵝蒼白的脖子發亮，玫瑰悲傷的眼瞼在做夢。

光芒滑過她的表面；產生線條。時間照映出她的心靈。光芒停止前進，以編織她的內心世界。

發光的電路進入心靈時，表面渴望，揭開成為空靈虛無的反射器，憂鬱夢想將再生為親吻。

在純然光輝的外袍中，儘管被深深削減，芭蕾舞演員卻軟化變成脆弱。

從「光明之我」到「黑暗之我」
From The 'Light Me' to The 'Dark Me'

美人鏡展現藍寶石般的黎明
黎明，在女神將光明與黑暗平衡的瞬間，就像天秤座的兩臂一樣
「光明之我」和「黑暗之我」在我肉體內結晶成寶石

玫瑰從地獄邊緣出現的時刻，綻放出美
愛情即使還未蒞臨，會在玫瑰旁邊發散清新氣息

「光明之我」從未來的沙漏中釋放出蝴蝶，「黑暗之我」從過去的時間井內升起白矮星
兩度時間將珍珠串在一條線上，在我彎脖上打結

「光明之我」對「黑暗之我」低語：
女神決定不以光明毀滅黑暗
也不用黑暗來模糊光明

我的淚珠，黎明搖籃中誕生的珍珠，只剩下一條銀線。

元聖恩
Won Sung-Eun

元聖恩，1992 年出生於韓國大邱市，20 歲以後一直居住在首爾。2015 年在《文藝中央》雜誌登上文壇。由精心挑選出版青年詩人作品的晨月出版公司出版《永遠知道鳥的名字》（2021 年）。作品被前衛美學詩刊《象徵學研究所》2021 年秋季號於「MZ 世代詩人專輯」加以推介。曾任職於韓國文學翻譯院、一民美術館、韓美國家博物館。目前正在韓國經濟新聞社文化展示事業局舉辦創作展。現在弘益大學研究院專攻美學。

加倍
Double

失蹤事件一再發生
A從影子內撿起掉落的水果，薄薄果皮已經剝落
或許∀會稱其為星星，正如那孩子曾經將棕色心
雕刻成球形，稱之為毒蛇

A是深淵的房客，非常焦慮不安，出門連房屋也
帶走
∀是沉默的人，對空屋表露明顯敵意後，即失去
房屋

著名度假村熱傷啦。在容器內晃動的鳳梨，吱吱
嘎嘎響，延長等待
無名的荒蕪海灘很冷
A在鬼船中，每晚都在想：海岸線那麼細，那麼
紅，突然截斷
或許∀看到底片捲軸投射的黑白幻影會哭笑不得
但會寫下指針倒帶時的倦態

關於無處可尋的姊妹
有一位朋友接到信後就失蹤啦，再也沒有回來
關於郵箱內塞滿的鹽水或融雪
關於醫院病房柔情的名牌
旅館房間冷漠的匿名
樂觀吸氣和悲觀吐氣支撐樂譜上的音符
還有關於一座無法到達的小島
或許 ∀ 會想到所有這一切事情，但選擇什麼都不寫

鐵鏽——濺出已久的乾枯血跡
雪呢——？

A 寫下「完成吻」與動詞配對得很好
如今，他們甚至不用想像 ∀ 會做什麼，就可以寫出來
∀ 朝向 A 的眼光充滿空洞回音
不只是他們的眼睛，還有整個身體

單一紅色尖端的針漂浮過那深淵

當相似的三角形被撕裂時，人必須適應不熟悉的
幾何形狀
自從A被倒置成為∀以來
失蹤事件一再不斷發生

白對白
White on White

長期困在框架內的人都知道
為什麼許多牆上沒有照片

在四面有窗的塔內
我裸身，像一顆白蛋
你瞄準棱鏡兩端的
紅箭

達達主義者笑著繪出黑色方塊
我變得嚴肅
思考紀念碑的虛榮

北極和南極間的空心圓筒破碎啦
綠色和黃色顏料從人體模型頸背流下來

地板上的刮痕和標記
是你領土的地圖，所以我
身為製圖者
腳尖銳利，變成指南針

顏料標記長期困在框架內
好像傷口

我坐在玩具馬上，低頭一看
看到醫生們丟棄手術器械
醫生們

心不在焉
Carelessness

爸爸，我可憐的玩具

——奇亨度〈靠背太高的椅子——冬季版畫之7〉

坑道尖叫聲，塗土紅色的隨身鏡
當你說，冰淇淋
我想到雲快速融化掉

在這裡，我可以想很多事情
看到你那魚般冷面孔，思緒湧上心頭

我不喜歡你用複數來稱呼這些：
破窗、沒清洗的玩偶、棄置到仲夏的聖誕樹……
染血的松果

我要成為單一旋轉門
練習不露臉部表情，漸漸習慣長久靜止不動

我當時在哪裡？哦，對啦
染血的松果……我笑得燦爛如昂貴的鏡子
有叮噹響的吊燈，發出橘色亮光

那麼，看看這個，我甜美的溫室，可愛的植物，
只是給植物太多水
我渴望見到的人已變成鸚鵡，或是動物標本，不然，也許是機器人

我想到走廊深深吸氣，門把手沒有洞，而且
街道樹木不會與霧混拌
當我想起這一切的複數時
你變得冷漠而沉默，像一條魚

李在勳
Lee Jae-Hoon

李在勳，出生於韓國江原道寧越郡。1998年在《現代詩》月刊登上文壇。出版詩集包括《我的第一個字所居住部落報告》、《冥王星》、《蟲子神話》、《生物的眼淚》和《搖滾是雷霆》。其著作有《當代詩與虛無主義》、《兩難論法詩學》、《缺席修辭》、《符號與剩餘》、《幻想與戀地情結》，以及對話集《我是詩人》。榮獲韓國詩人協會青年詩人獎、當代詩獎、韓國抒情詩文學獎、金萬重文學獎。現任《愛詩人》（*SISASA*）雜誌和《藍紙》（*Blue Paper*）雜誌編輯，兼任建陽大學教授。

穿夾克的詩人
The Poet in a Jacket

我穿夾克寫詩。
母親不在，我寫出空洞的詩。
藝術家都腋下長翅膀，
頭上裝飾角，穿上小丑服裝。
他們邁出沉重步伐上街
露出被拔毛的鳥肉，公開展示。
群眾歡呼，藝術仍然莊嚴。
我穿夾克寫詩。
我孤獨傲慢，寫出空洞的詩。
才華洋溢的詩人爬上高樹，
畫出樹葉形狀，
唱枯樹枝的悲傷。
我穿夾克寫詩，
攸關被擄獲獨角獸的角，
心愛的馬蹄聲，
以及星星被文明實驗玷汙的悲傷。
低聲說，我的夾克寫字
然而，這件外套是用我母親的肉製成。

夾克，夾克呀！說時，
我母親的大腦和心臟拆線啦，
全部鬆脫啦。
我穿這件夾克禦寒，
但無法寫母親。
如果我進入沉睡的森林，
點燃蠟燭，燒掉這件夾克，
或許世界上最美麗的詩
就此誕生。
如果夾克灰燼撒在樹上
化成茂密的森林，
或許我瘦骨腋下會長出翅膀。
我穿夾克寫詩。
天冷，我緊裹這件夾克
對樹林裡沉睡的公主
低語夾克，夾克。

卡夫卡閱覽室
Kafka Reading Room

這是一堵牆。
每次我俯臥時
以為此處不是地板
而是風衣外套。
壓按我的胸口時
會變形的外套，
可以裂開來讓我揉搓
不完整的身體
求得心滿意足。
為此，我需要堅持己見。
轟隆隆，話一出聲
就展開一條漫長的途徑。
走了一段時間，
出現一片茂密森林。
我吃雲
談論神聖的愛。
聲音匯聚在草叢裡。

我把葉片撥開時，
看到聲音互相吞噬。
我突然感到噁心，
把雲吐到空心的樹幹裡。
黑馬在扭動。
可憐夜晚，
我夢到紋身。
在前臂上刻出長笛時，
歌聲從我的身體傾瀉而出。
窗外，
十字架漂浮。
路燈飄過。
一首有節奏沒有情意的歌。
這個房間是黑暗自行舒展的地方
無臉，無胸膛。
落下雨聲的房間
沒有雨滴。

當我俯臥睡覺時
空洞馬匹的軟骨頭
輕鬆包圍我身體。

生物眼淚
Biological Tears

風攪翻海水
魚隨著騰空而起。
水下植物傾向陽光
躲在海浪撞擊的峽谷裡
把空氣裝滿莖部。
在崩潰的道路上沒有出口。
沒有持久的愛，只有殺戮和倖存
管控水下的時間流動。
晴朗的天空下，孩子奔跑玩耍
地上，種子乘風受孕。
詩人自稱走純淨之路
我看到胸膛汙穢時
想到原始的海。
在翻滾的海洋中，倖存是唯一道德。
季節繼續卻無法預測未來
最謙卑的悔恨也會令人心碎。
一股淚水湧上海面
衝向岩石。

水庫在地下偷偷流動
雷霆般貼在臉上。

李題在
Lee Je-Jae

李題在，1993 年出生於韓國大邱市。明知大學文藝創作系畢業，已出版詩集《玻璃眼》。身為新進人員，但在隱喻和敘事結構方面表現傑出，是韓國青年詩人先鋒之一。

性別
Sex

正在成為
從未渴望過的事
腥但又新鮮
下雨聚成水池
即使不下雨，也會
從別處滴流下來
又紅又黑
正在成為
有七個頭的東西
有許多名字
沒有一個是真的
永遠存在但又會消失
正在成為
神祕但又不完美
不完美但又銳利
終於溜走
我們加以握緊

雌雄同體人物
Androgynous Being

今天，我想成為雌雄同體人物
男人兼女人，整齊分裂成完美的 5:5 成份
然後，我就可以在一個身體內獨自繁殖
在你覺得需要我的日子裡
我會用不同的腔調聊天
在我渴望女兒的日子
我會把我的身體分到左方
或改為分裂到右方抱兒子
今天感覺像是順利、多面向的一天
然而，為什麼我感覺愈放得開
卻愈引來更大的麻煩
所以，我會割掉我的一半儲存起來
只用另一半的聲音說話
我會劃清界限
明天，使用反側的聲音
我們現在來玩嗎
隨便，當作我們是不認識的陌生人
緊緊握住父母的手

趁孩子還不知情的時候
讓右手和左手
互相緊握敲擊後腦
可以嗎
你一開始就不是那個性別，對吧
一半是親近的
另一半生疏到客客氣氣

計程車，過來
Taxi, Come Here

被交代不要去最安靜的地方
計程車開始改為步行
成為最安靜
橫越無人的十字路口
經過銀行和教堂
走下到地下道台階下方
再往下，更深
哼著夢中聽來的歌
〈計程車，過來〉
我跟著她
從來沒來過這裡
進入更狹窄的空間

把門開到最狹窄的地方
計程車醫師打了計程車的臉

「你注定要成為計程車
但你出生錯啦

你必須去別地方
我現在就給你處方，別動」

計程車在嘀咕：
「我是計程車。我是計程車」
一遍又一遍
我模仿它們移動時的話
從「計程車」到「性感」
從「性感」到「三點鐘」
聽起來好像在唱歌
同時，醫師開出處方香菸
「一天三餐後
摘下濾嘴，咀嚼到爛
不許全吞下去」

不久以後
計程車把濾嘴一口氣全吞下
變得甚至更加沮喪

就問
「那麼我該去哪裡呢？」
那時候

磚牆保護的醫師開始垮啦
從計程車醫師的瓦礫出現
壓扁的幽靈計程車
前燈在閃爍
計程車爬進
幽靈計程車的駕駛座
我坐在前座
然後到後座
看著計程車自己駕駛
從前座
穿著白大衣，我對計程車說
「祝好運氣
好好愛你的命運
祝好運氣」

但在後座的我
不相信前座的我
反而，譜寫〈命運進行曲〉
「命運，命運，你是命運
說這種話的人，也應該命中注定」

計程車呼嘯而過
好像寂靜無聲
然而無論我們前往多遠
命運從未出現急轉彎
「我們不是要去
最安靜的地方嗎？」我問道
煞車
無法保持寂靜
發現護欄，說道
「我們試試去更熱鬧的地方吧」

主角突然出現
煞車
不相信自己的命運
任其撞向護欄

壓扁的計程車
更加破損
成為最窄的計程車
磚牆的駕駛座
和前座的我
都垮啦
後座的我
清除掉瓦礫
爬進駕駛座
前方
有人穿衣向我揮手
「計程車，計程車，我該去哪裡？」

為了避免去那裡
我閃爍前燈

曹容美
Cho Yong-Mee

曹容美，1990 年在《韓一文學》登上文壇。已出版詩集有《焦慮損耗心靈》、《萬魚飛上山》、《痲布自畫像》、《別墅櫻花開》、《記憶星球》、《我的其他名字》和《妳的美》，以及散文集《島上百年》。榮獲多項獎，包含金達鎮文學獎、金俊成文學獎、孤山文學大獎、木月文學獎。

妳的美
Your Beauty

妳總是背光站立
這是我創作的作品

妳的美必須客觀

妳必須超越自己
隨之而來的是
妳的美必然

有道德

終究
妳必然漂亮

妳的美必然無瑕

妳的美必然成為
單獨事件

妳的美由我引起

妳的美永遠是
我的最大考驗

妳背後有光
妳只遮掉一點點

輦道增七天文台
Albireo Observatory

在頭痛欲裂的夜晚
我好想去輦道增七天文台觀天星

連接到天琴座的群星時
奇怪，出現一條魚
如果我把自己
連接到過去的時點
有不是我的人冒出來

要觀看這些，我必須去更遠
遠到進入夜晚
如果我去那麼遠再回來
我還會是我嗎

目前我僅僅是發燒
因生活單調和無聊而躺下

我的嘴唇乾裂
感覺似乎我會的字已失去大半
或許需要從更遠的距離
觀察這個頭痛的問題
就像在大琴座發現魚一樣

此身，此肉體
難以調和
人生需要我踏上艱辛旅程
前往輦道增七天文台

那不太遠
嘴唇乾裂多幾處
發燒多幾次
我輕盈如春天花瓣

然而此身可能發生不可逆轉變
進入其他空間
肉體慢慢耗盡記憶

在此，我會預見過去的悲傷
重溫未來發生的事件
面對我遭受的痛苦

每次痛苦都很獨特
有如天鵝在水面滑翔
我希望在此康復
慢慢
就在這個地方

我的其他名字
My Other Names

費爾南多·佩索亞也是阿爾伯特·卡埃羅
里卡多·雷耶斯、和阿爾瓦羅·德·岡波斯
他的名字不計其數
每人有別名，又嚮往再來一個

我要到什麼程度才成為自己

我怎樣才能證明我就是我
什麼時候我必須拒絕
露出我的另一張臉
我如何認識真相
就是說我有一大堆
不是我自己的可能性

有沒有辦法否認
剛才的我
並不是即刻後的我
以便完美實現事實上

我不是我自己
是一種完全單獨的行為

為了過一種生活
再回到我另一種生活
需要細膩的幻覺
為了見證另一個我死亡
在我自己之前
需要巧妙的時間安排

為什麼我必須始終只是
成為我自己
即使今天
我適當隱藏在自己內心
仍然精準瞥見
不是我的可能性

我是真正的他，而他是另一個我嗎
我如何忽視這個事實，緊緊傷害到不是我自己的
潛在性

朱原翼
Ju On-Eyc

朱原翼，1980 年出生於韓國首爾。在《文學村落》登上文壇，2014 年由該出版社出版第一本詩集《作為存在》。從事探索人類和世界原型的形上學工作。他認為，詩是一種哲學思考方式。其詩和工作的精神，是將物體和精神還原為幾何結構的圖像，幾近神聖。他堪稱是一位真正詩傳教師。

月海
The Sea of the Moon

在月球的另一面
吹回來的風
就像借光照亮的身體
時間在石頭的火焰中流逝
門邊是搖搖欲墜的語言
意象就在我眼前
看得見
當我閉眼時
看到無名的東西
是正在顯示的意象
外殼破啦
珍珠不見啦，不知下落
沒打開，但是
甚至不是眼淚形成的，但是
黑暗中眼睛圓圓凸出
在滿月的入口處
無法關閉
飄動的光
是粉末

寫成的詩
The Written Poem

以此方式
拉出來的話
如乾雲
墨色波動逸散
邊緣在白浪之間
把寫作帶走
在被遺忘的文明之夜開花
就像悲傷哭泣的松香草
踩踏褪色的句子
如果現在
花復活
詩不是用來閱讀
就像黑暗
雕刻字母的骨架
不是
要讀明白
情感裂開而充實的物質塊
意指

那冰冷的心
時間
已經傾斜
像寫成的詩
有如一把花瓣
掏出來

管風琴
The Pipe Organ

沙漠和雲
流動的
輪廓
光和
音域的
水平狀態
陽光是樹木的王國
流動靠近
行星的
途徑
推開浮起的手指
噪音和灰塵
相撞
爆裂像
星雲
有殘餘的光
由於塵埃的意志
聚在一起

有如我們的始源
衆神
反而要發狂

李惠仙
Lee Hye-Seon

李惠仙，東國大學韓國語言文學系畢業，獲世宗大學文學博士。曾在東國大學等多所大學任教。1981年在《詩文學》文學月刊登上文壇。寫詩和文學評論。出版詩集七本，包含《雲門好日》、《一位神》等，評論集三本，包含《文學的變形》、《夢》、《李惠仙名詩長廊》等。榮獲韓國自由文學獎、韓國現代詩人獎、東國文學獎、韓國文學評論家協會獎（批評類）、尹東柱文學獎、韓國藝術文化團體聯合總會藝術文化大獎等。早期文學傾向以歷史感為基礎。詩植根於韓國傳統情感和佛教精神，表現一種由時間性和集體民族意識結合而成的強烈認同感。近作頌揚宇宙感覺和超驗世界意識，包括近鄰在內的普遍

存在之無差別同情，以及從自我反思散發出美麗彩虹的世界

錦鯉法則
Koi Law

錦鯉是一種觀賞魚
養在魚缸內時
只會長到 8 公分
但如果放流
可以無限生長
就像你的夢中樹

鳥鳴快遞

Birdsong Delivery

一位年輕同事從求禮郡寄來包裹。

「我連籬笆內的櫻桃、李子、蜂斗菜莖都沒摘。田裡的豆子已破殼而出，初霜後，挖出兩排番薯，還剩下幾粒柿子，留下餵喜鵲，栗子成為老鼠食物，棗子和山茱萸被鳥吃掉啦，所以我的菜園裡總是充滿鳥鳴聲。」

盒子裡有一顆凍傷的黃色南瓜和一些棗子，十幾顆番薯和亮橙色柿子，似乎把菜園和柿子樹一起帶來。在倉促腳步聲中，明年春天的山茱萸花正急忙在淡黃色天空中綻放。

空盒內，傳出清脆的鳥鳴聲，智異山跟著大步走出來。

在森林村裡
In the Forest Village

在森林裡，樹木聚在一起生活
大樹下有小樹
小樹下有可愛的小小細野花
發芽、長莖，和諧生活在一起

在森林裡，樹木聚在一起生活
大樹牽著小樹的手
小樹舉起坐下的野花
綻放微笑，和諧生活在一起

一進入森林裡，陽光微笑
小溪露出下半身，也在笑啦
在森林裡，每季都綻放歡笑聲
在森林裡，連眼淚都綻放成花朵

金南權
Kim Nam-Kwon

金南權，1961 年出生於韓國京畿道加平郡。已出版 14 本書，包括 10 本詩集和 4 本兒童詩集，詩集榮獲總統圖書館推薦。現任韓國詩文學文人會會長、文化藝術創意學院院長、《詩與象徵》季刊發行人、江原道兒童文學會副會長、《文化與人物》網路報紙編輯委員、《戀人》季刊和《離於島文學》雜誌主編。

燈塔守護員
Lighthouse Keeper

散射一小束光
遠到遠海
這就叫做希望
遠到海上
撒下一小束光
就叫做希望

在太陽首先觸及世界的地方
山崗上飄盪海島氣息之處
他每夜都會重燃餘燼

月影孤獨在浮動
為加以抹消，他是對遠海
歌唱最後希望的人

為一人
縱使等待，機會也不會來

像火焰驅散愛情癌細胞
變成一座島嶼
我知道那位孤單的人

孤獨意味著
Being Alone Means

孤獨意味著
需要有人進入我的心裡
恰如孤獨
意味著我想進入妳心裡

儘管如此，孤獨意味著
對妳思念的波濤暢流整夜
淚水跟隨波濤暢流
流淚，把黃昏的肩膀淋溼
玉蘭花終究因我孤獨而綻紅
即使樹枝搖曳
花會被風的腳步踐踏無數次
在沾滿傷口的無數處，花蕾已甦醒
花叢籠罩樹木終於意味著孤獨
孤獨意味著
此時此刻需要有人進入我的心裡

春天蒞臨，因為有你的溫暖
Spring Has Come, Because of your Warmness

春天蒞臨
因為有妳的溫暖
無論妳的心思停在哪裡
花朵盛開
無論妳的手接觸到哪裡
花芽正在萌發
春天蒞臨
因為有妳的愛心

金畢泳
Kim Pil-Young

金畢泳，詩和評論作品入選過《詩文學》月刊，曾任《詩山脈》季刊詩會會長、韓國詩文學文人會會長、韓國現代詩人協會祕書長。榮獲第 8 屆青綠詩學獎、第 3 屆故事文學獎、第 4 屆離於島文學獎。現任國立民俗博物館《民俗消息》採訪記者。出版詩集《應》和《用詩品嘗韓食物》等。

淚珠
Teardrop

不朽的泉水匯聚在心裡
比任何心都熱，比露水清澈
是沒有真相就無法接收的寶石

上帝惠賜美麗的眼睛
這樣才能看到亮麗的愛情
當無法控制喜悅時
會淹死在湖裡
當無法正視悲傷時
會使河水暢流

白磁大壺*
White Porcelain Moon-jar
——韓國國寶第 *262* 號

滿月的心思彌滿純白
藍色壓抑的渴望揮之不去

夜晚
平生等待仰望的對角線
與優雅的曲線相遇
風不散，但在火山口靜靜止息
火自行熄滅，滲入土壤
在太陽陰影下
月光看似純白，實則不然
在萬事都披上各自色彩之前
會呼吸背景的色調

自行耗費 27 個夜晚，厭倦等待
邊緣在曲線內急遽上升
我的母親，在祈求接收漆黑的寂靜
我閱讀她白色優雅的眼眸

* 白磁大壺，韓國國寶第 262 號，保存在宇鶴文化財團。

令人喜悅的雨
Delightful Rain

眼淚從嬰兒的第一聲啼哭開始
新生命的受孕是一種天堂般的喜悅
淚水中，大笑變成淚珠

下雨意指
減輕空氣中漂浮的悲傷元素
當悲傷的核心溶解在本身體內時，雨令人喜悅
他們渴望敲響全球的鼓
如果這個季節在劇院舉辦音樂會
風拿起接力棒，召集雲
在山、河、陸、海的樂譜上
音符包括植物和樹木、山谷和島嶼
當閃電打雷標示表演開始
雲開始發出下雨的聲音
使嬌嫩花瓣、植物和樹木、河川和海洋
從弱音到極弱音，從強音到極強音
大海鎚擊粉碎所有的悲傷，產生一堆令人喜悅的
淚水

我肩膀偎依妳被淚水打溼啦
真正令人喜悅的是下雨敲打天鼓的聲音

關於編選者
About the Compiler

姜秉徹（Kang Byeong-cheol），韓國作家、詩人、翻譯家、政治學哲學博士。1964 年出生於韓國濟州市，1993 年開始寫作，29 歲出版第一篇短篇小說〈熱門歌曲〉。2005 年出版短篇小說集。迄今榮獲四項文學獎，出版八本書以上，包含《竹林颯颯》（有李魁賢漢譯本，秀威，2024 年）。令人矚目的是，2009 年至 2014 年為國際筆會牢獄作家委員會（WiPC）委員。也擔任過韓國世界文學協會創會會長和濟州市報紙《濟民日報》（Jeminilbo）社論主筆。現任韓國和平合作研究院副院長。

關於選譯者
About the Selector and Translator

李魁賢（Lee Kuei-shien, 1937-2025）。1953 年開始發表詩作，獲1967年優秀詩人獎、1975 年吳濁流新詩獎、1975 年中山技術發明獎、1976 年英國國際詩人學會傑出詩人獎、1978 年中興文藝獎章詩歌獎、1982 年義大利藝術大學文學傑出獎、1983 年比利時布魯塞爾市長金質獎章、1984 年笠詩評論獎、1986 年美國愛因斯坦國際學術基金會和平銅牌獎、1986 年巫永福評論獎、1993 年韓國亞洲詩人貢獻獎、1994 年笠詩創作獎、1997 年榮後台灣詩獎、1997 年印度國際詩人年度最佳詩人獎、2000 年印度國際詩人學會千禧年詩人獎、2001 年賴和文學獎、2001 年行政院文化獎、2002 年印度麥氏學會（Michael Madhusudan Academy）詩

人獎、2002 年台灣新文學貢獻獎、2004 年吳三連獎新詩獎、2004 年印度國際詩人亞洲之星獎、2005 年蒙古文化基金會文化名人獎牌和詩人獎章、2006 年蒙古建國八百週年成吉思汗金牌、成吉思汗大學金質獎章和蒙古作家聯盟推廣蒙古文學貢獻獎、2011 年真理大學台灣文學家牛津獎、2016 年孟加拉卡塔克文學獎（Kathak Literary Award）、2016 年馬其頓奈姆・弗拉謝里文學獎、2017 年秘魯特里爾塞金獎（Trilce de Oro）、2018 年國家文藝獎和秘魯金幟獎、2019 年印度首席傑出詩獎、 2020 年蒙特內哥羅（黑山）共和國文學翻譯協會文學翻譯獎、2020 年塞爾維亞「神草」文學藝術協會國際卓越詩藝一級騎士獎、2023 年美國李察・安吉禮紀念舞詩競賽第三獎。

詩被翻譯在日本、韓國、加拿大、紐西蘭、荷蘭、南斯拉夫、羅馬尼亞、印度、希臘、美國、西班牙、蒙古、古巴、智利、孟加拉、土耳其、馬其頓、塞爾維亞等國發表。參加過韓國、日本、印度、蒙古、薩爾瓦多、尼加拉瓜、古巴、智利、緬甸、孟加拉、馬其頓、秘魯、墨西哥等國舉辦之國際詩歌節。

出版有《李魁賢詩集》6 冊（2001年）、《李魁賢文集》10 冊（2002年）、《李魁賢譯詩集》8 冊（2003年）、《歐洲經典詩選》25 冊（2001~2005年）、《名流詩叢》54 冊（2010~2024年）等，合計共221 種 291 冊。

2002 年、2004 年、2006 年三度被印度國際詩人團體提名為諾貝爾文學獎候選人。

語言文學類　PG3164　名流詩叢58

韓國詩選
Anthology of Korean Poetry

編　選　者／姜秉徹（Kang Byeong-cheol）
選　譯　者／李魁賢（Lee Kuei-shien）
責任編輯／吳霽恆
圖文排版／黃莉珊
封面設計／王嵩賀

發　行　人／宋政坤
法律顧問／毛國樑　律師
出版發行／秀威資訊科技股份有限公司
114台北市內湖區瑞光路76巷65號1樓
電話：+886-2-2796-3638　傳真：+886-2-2796-1377
http://www.showwe.com.tw
劃撥帳號／19563868　戶名：秀威資訊科技股份有限公司
讀者服務信箱：service@showwe.com.tw
展售門市／國家書店（松江門市）
104台北市中山區松江路209號1樓
電話：+886-2-2518-0207　傳真：+886-2-2518-0778
網路訂購／秀威網路書店：https://store.showwe.tw
國家網路書店：https://www.govbooks.com.tw

2025年4月　BOD一版
定價：300元

讀者回函卡

國家圖書館出版品預行編目

韓國詩選 = Anthology of Korean poetry / 姜秉徹編選；李魁賢選譯. -- 一版. -- 臺北市：秀威資訊科技股份有限公司, 2025.04
面； 公分. -- (語言文學類；PG3164)(名流詩叢；58)
BOD版
ISBN 978-626-7511-71-8(平裝)

862.516 114002380